时间的彩虹·词

白　鲨/著

北方妇女儿童出版社
·长春·

图书在版编目（CIP）数据

时间的彩虹. 词 / 白鲨著. -- 长春 : 北方妇女儿童出版社, 2019.8
ISBN 978-7-5585-3986-2

Ⅰ. ①时… Ⅱ. ①白… Ⅲ. ①词(文学)－作品集－中国－当代 Ⅳ. ①I227

中国版本图书馆CIP数据核字(2019)第134067号

时间的彩虹・词

SHIJIAN DE CAIHONG CI

出 版 人	刘　刚
策 划 人	师晓晖
责任编辑	石晓磊
开　　本	880mm×1230mm　1/32
印　　张	3.5
字　　数	60 千字
版　　次	2019 年 8 月第 1 版
印　　次	2019 年 8 月第 1 次印刷
印　　刷	郑州创维彩印制作有限公司
出　　版	北方妇女儿童出版社
发　　行	北方妇女儿童出版社
地　　址	长春市龙腾国际出版大厦
电　　话	总编办　0431-81629600
	发行科　0431-81629633

定　　价	26.00 元

目录

十六字令·国庆在家看电视

甜，

不入江湖不访仙。

寻今古，豆奶备身边。

2017-10-2

十六字令·礼物给错了

何，
礼物原应越野车。
谁曾料，宝马变摩托。

2017-10-3

十六字令·学书画

书，

欲写诗歌先画图。

学文化，光耀夏民族。

2017-10-4

十六字令·广寒宫内玉娥愁

愁，

旧岁身材尚未收。

今夕见，月饼满宫楼。

2017-10-4

十六字令·窗

窗，
只挡风雷不挡光。
蒲葵绿，由此望天堂。

2017-10-5

十六字令·看金鱼

聊，

塘内金鱼有几条。

思宵夜，糖醋或红烧？

2017-10-6

十六字令·最靓车模

车，

展览厅中有靓模。

争芳艳，猫步秀婀娜。

2017-10-7

十六字令·伊人

芳，

皎若芙蓉溢满江。

伊人伫，宛在水中央。

2017-10-8

十六字令·节后开工

隆，
战鼓声催万马腾。
朝阳起，节后已开工。

2017-10-9

十六字令·林荫道旁

洁，
懒看楼高白日斜。
林荫道，足翘手双叠。

2017-10-10

十六字令·绿色长屏

青，

绿水长帘孔雀屏。

云阶坐，乐赏牡丹亭。

2017-10-11

如梦令·登月一游

昨夜飞船着陆，遥见参天桂树。
欲访广寒宫，却遇垣墙拦路。
乖兔，乖兔，随我河边散步。

2017-10-12

如梦令·刻苦学习

薄雾青山旭日，晨鸟平波霞赤。
幼女写河滩，一管秋荻习字。
立志，立志，文化传承大使。

2017-10-13

如梦令·学扭秧歌

每踏晨光薄暮，怎畏冬寒夏暑。

学艺大秧歌，踢腿翻身矮步。

起舞，起舞，腰畔尚缺槌鼓。

2017-10-14

如梦令·看蚂蚁搬家

后晌花园绿地，谁在搬家避雨？
墨染满天星，原是疾行群蚁。
有趣，有趣，未晓新宅哪里。

2017-10-15

如梦令·百善孝为先

自古圣人化教，华夏炎黄传道。
论典数群英，仁义长存典诰。
吉劭，吉劭，百善之先为孝。

2017-10-16

如梦令·对弈

林掩神仙府邸，谷守清流鸟语。
暖日照凉亭，略享花香雅趣。
对弈，对弈，敌手世间难觅。

2017-10-17

如梦令·镜框

年少毫无理想，平素只知游荡。
兴起买新衣，误入童鞋专场。
镜框，镜框，怎有我之模样。

2017-10-18

如梦令·学游泳

酷暑天高日重，柳岸河宽水静。
套上胖圈圈，发奋苦学游泳。
划动，划动，不怕明天酸痛。

2017-10-19

如梦令·登台磨炼

头顶冲天小辫，时展桃花笑面。
攀上九层台，远眺青云深涧。
磨炼，磨炼，誓要高人一线。

2017-10-20

如梦令·看价值观思城市变

情系军民鱼水，心寄干群兰桂。
挺立弄潮头，上下衣宵食废。
善美，善美，共建文明社会。

2017-10-21

忆王孙·孝道传家

先生侧立草青青，讲颂中华代有情。

武治文功启众明。

孝传承，每近危亡复振兴。

2017-10-22

忆王孙·坐红色篷车

嘶风骏马佩铃铛，朱幔鸾车泛异香。

碧草流云穿琐窗。

扮新娘，惜惋情郎未在旁。

2017-10-23

忆王孙·爬山路上

天光欲落月初弯，狭路崎岖铜鼎山。
未到中途步履蹒。
口发干，乖女捧出白玉泉。

2017-10-24

忆王孙·骑鱼过海

滔天巨浪耀红旗，东海驰乘小丑鱼。

破雾穿云战斗机。

畅无极，舒放襟怀日落西。

2017-10-25

忆王孙·小魔仙

丹姿绰态小魔仙，法杖常同万物连。

化铁为金只等闲。

笑容甜，素手一挥香满天。

2017-10-26

忆王孙·买鞋

忽闻闺蜜复邀约，放步狂奔入闹街。

火树银花只略瞥。

买新鞋，脚乱眼花需暂歇。

2017-10-27

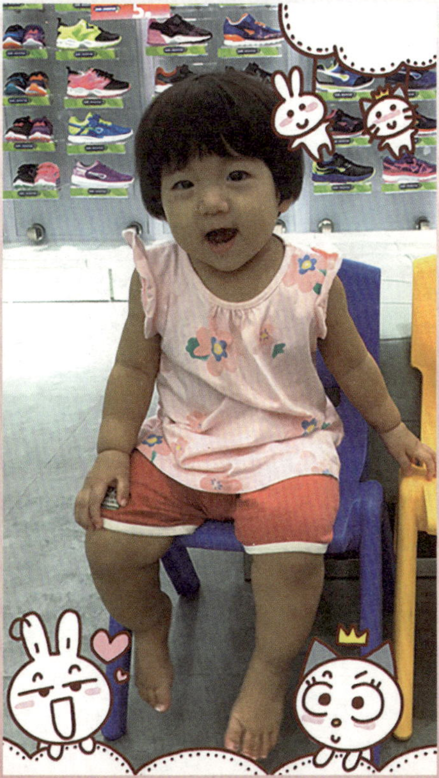

忆王孙·桃林遇君

桃林春日遇郎君，子健才情宋玉神。

素手清茶羞敬人。

倚柴门，渐远无声空断魂。

2017-10-28

忆王孙·古桥舞秋风

蒸炊酷暑影无踪，九月重阳菊正浓。

流水古桥需纵情。

舞秋风，云雁一行鸣碧空。

2017-10-29

忆王孙·刻苦修炼

晨光夜幕岸边林，外塑娇躯内炼心。

刺股悬梁磨铁针。

练功勤，双臂能提百二斤。

2017-10-30

忆王孙·上到楼顶

青春最爱越霄峰，不惧山遥水纵横。

朝伴骄阳夜戴星。

最高层，未遇人言只见灯。

2017-10-31

忆王孙·学针法

银针耀目似牙签，神妙无穷非等闲。

捻转提插祛病寒。

古人传，健体强身自涌泉。

2017-11-1

忆江南·坐驾虎鲸

骑鲸客，巨背软如绵。

索隐探骊乘箭矢，穿云跃岭驾楼船，

南海浪滔天。

2017-11-2

忆江南·欢乐颂

欢乐颂，广场舞婀娜。

云过高楼遮晚路，风拂绿叶展清歌，

不怕雨滂沱。

2017-11-3

忆江南·勤读书

勤为径，少小爱读书。
曲赋诗词藏玉袖，子集经史有金屋，
烛影面如酥。

2017-11-4

忆江南·遇宝山不可空回

得真趣，方寸现桃源。

苍翠远山藏尺璧，阳光大道步金砖，

俯仰捡珠丹。

2017–11–5

忆江南·公园路口指路标志

夕阳美，心喜欲狂奔。

铜鼎山中追梦者，公园路口引游人，

霞举近黄昏。

2017–11–6

忆江南·跆拳道

垂髫女，黑带束腰围。

人似蛟龙吞日月，眼如星刃碎风雷，

铁掌泰山摧。

2017-11-7

忆江南·逛超市

多美味，超市逛翻天。

合场搜罗甜果冻，长街寻觅大金柑，

车满载家还。

2017-11-8

忆江南·儿童乐

儿童乐，穿越幸福门。

妙趣横生仙女棒，英雄无畏汽车人，

梦想会成真。

2017-11-9

忆江南·买早饭

年龄小，身俏貌娇柔。

弱柳高墙穿栈道，春风绿叶过桥头，

一路颤悠悠。

2017–11–10

忆江南·开摩托

年节到，新购大摩托。

冬去春来行好运，风驰电掣唱欢歌，

家旺定兴国。

2017-11-11

捣练子·秀才艺

习武殿，念诗堂，书画琴棋翰墨香。
父母呼来才艺秀，清歌妙舞众称扬。

2017-11-12

捣练子·圣代好吃

滨海路，麦当劳，吃罢鸡排拈薯条。

意尚未足拿圣代，糊得满嘴雪花膏。

2017-11-13

捣练子·小仙女

仙女棒，力无边，能战妖王入九渊。

信手招来花乱坠，涤除尘垢复人间。

2017-11-14

捣练子·挑珠宝

搜玉铺，逛金街，腿痛腰酸不肯歇。
璀璨晶莹迷五彩，前挑后选意难决。

2017-11-15

捣练子·鸿渐之翼

如雀舍，似鸽笼，却是摇篮悬半空。
一日长成鸿渐翼，顿开金锁化飞虹。

2017-11-16

捣练子·童年趣事

露个脸，叫声喵，墙内开花香外飘。
蓝色童年多趣事，滑梯上下躲猫猫。

2017-11-17

捣练子·秋日郊游

金月季，玉蔷薇，发似流云目若飞。
旭日秋游寻雅径，瑶池仙子觅英蕤。

2017-11-18

捣练子 · 闲游古镇享金风

游古镇，赏长笛，食尽鸽飞日落西。
铁艺栏杆多旧色，金风吹皱满街旗。

2017-11-19

捣练子·勤于练功

迎酷暑，战严冬，弹腿压腰勤练功。
赛事一年十有二，堆得荣誉满堂红。

2017-11-20

捣练子·喝粥有感

疗肚饿，解心忧，一把银勺一碗粥。
湖岸秋光真正好，无思无语也无愁。

2017-11-21

捣练子·喝粥得味道

罗汉椅，菜干粥，咸淡得宜滋味稠。

午未分明刚入座，抬头已见月如钩。

2017-11-21

长相思·想唱歌

爱唱歌，想唱歌，
欲向台前双脚拙，灯光灿若河。
小步挪，大步挪，
愿把心声当众说，还将跳探戈。

2017-11-22

长相思·歌声美

要唱歌，会唱歌，

刚采蘑菇又咏鹅，再将螃蟹捉。

父亲河，母亲河，

想念澎湖老外婆，童年欢乐多。

2017-11-23

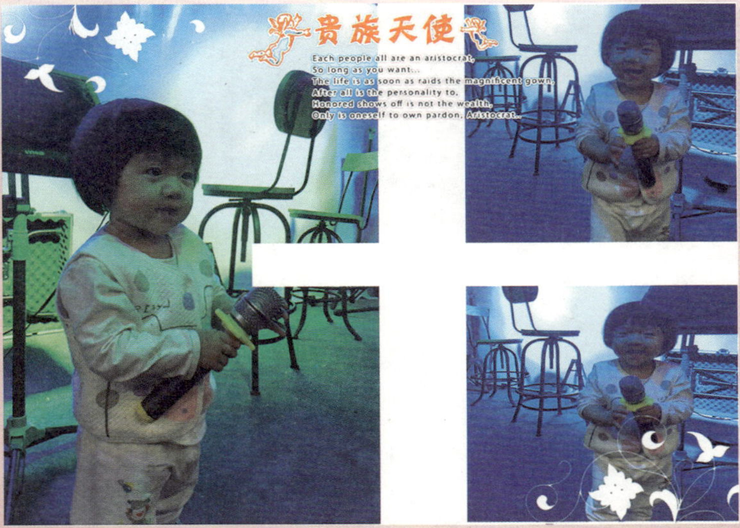

长相思·门前看景

杨絮飞，柳絮飞，
蝶舞花繁风细吹，未觉星月垂。
虫儿归，鸟儿归，
侧坐门前望母回，摇头不怕黑。

2017-11-24

长相思·风光在险峰

山重重，水重重，
山水连天迷雾蒙，路无三寸平。
攀险峰，越险峰，
不忘初心旭日升，执着独自行。

2017-11-25

长相思·我心飞翔

心欲翔，梦欲翔，

飞上蟾宫披月光，凭栏放眼量。

望四方，走四方，

破浪迎风正启航，青春斗志昂。

2017–11–26

长相思·荡悠悠

荡悠悠，乐悠悠，
不看浮云看九州，清风乱点头。
山外楼，楼外楼，
九曲黄河向海流，春回转眼秋。

2017-11-27

长相思·荷锄头

脸儿嘟，嘴儿嘟，
清早踱出诸葛庐，霜天残月孤。
寻把锄，荷把锄，
白日耕田夜赏竹，得闲濯玉足。

2017-11-28

长相思·曲劲人欢

歌声高，叫声高，
听者如痴手臂摇，微风卷浪涛。
汗如潮，泪如潮，
一曲豚音梁上抛，心儿入九霄。

2017-11-29

长相思·遇到井底之蛙

旭日霞，落日霞，
美景无边两眼花，偏逢井底蛙。
脸儿拉，手儿拉，
无奈摇头唤爸妈，回家吃肉扒。

2017-11-30

长相思·扭秧歌

敲鼓锣，踏鼓锣，
春绿村田唢呐合，蛙鸣柳岸坡。
扭秧歌，闹秧歌，
鹤舞莺飞绕四郭，桃源风景多。

2017-12-1

长相思·读书

好读书，爱读书，
自小经籍堆满屋，通宵忽日出。
继宗族，耀宗族，
十载青春笑与哭，前行是正途。

2017-12-1

相见欢·就喜欢看电视

春风午后花厅，卷云屏。
赤脚沙发骑坐，发蓬松。
鸟儿吵，韶光好，俱无踪。
一片心神尽在，影音中。

2017-12-2

相见欢·厨神

素常挥舞银勺，做佳肴。
顷刻珍馐美味，沁云霄。
上真落，圣僧坐，玉仙娆。
但见席成万盏，胜蟠桃。

2017-12-3

相见欢·不能浪费粮食

膏粱锦绣金盘，只一餐。
风雨晨昏耕作，泪涟涟。
日当午，汗滴土，念前贤。
怎肯轻言抛却，尽吃完。

2017-12-4

相见欢·寻海上仙乡

久闻三岛十方，有仙乡。
独自乘舟苦觅，渡汪洋。
战风雨，戒忧惧，不彷徨。
惯看云霞明灭，耀新装。

2017–12–5

相见欢·凉亭小憩

柳梢明月凉亭，枕秋风。
流水落花无语，恋今生。
远山俏，夜莺笑，化柔情。
把那千般思念，望流星。

2017–12–6

相见欢·独立斜阳

秋风独立斜阳，望长江。
多少英雄儿女，写华章。
斧镰闪，红旗展，尽锋芒。
万壑龙吟彻骨，凤高翔。

2017-12-7

相见欢·秋后桥头

云低山黯风幽，古桥头。
寂寞石栏清冷，系篷舟。
思乡曲，旧时雨，几曾休。
叹看残荷皱水，立沙鸥。

2017-12-8

相见欢·补充元气打篮球

篮球赛场拼争，迅如风。
呐喊山摇地动，气恢宏。
汗浃背，心不退，志飞腾。
待补一瓶香奶，再冲锋。

2017–12–9

相见欢·认真听讲小学生

池塘榕树蝉鸣，欲昏冥。

操场秋千蝶舞，引双睛。

吵不断，扰不乱，小学生。

教室认真听讲，好心情。

2017-12-10

相见欢·准备上学

金鸡高唤朝阳，映纱窗。
叫醒酣然秋睡，小姑娘。
兔儿跳，鸟儿笑，理背囊。
只待铃声响起，上学堂。

2017-12-11

生查子（单片）·进餐厅吃饭

逛进小食街，步入西餐店。

优惠大酬宾，坐下即开战。

2017-12-12

生查子（单片）·吃饭很香

手把鋈银勺，探入羊脂碗。
含笑启朱唇，舌战珍珠饭。

2017-12-13

生查子（单片）·大副司机

嘴噙安慕希，欢快车中坐。
笑指大司机，路口别开错。

2017-12-13

生查子（单片）·斜倚花墙笑

园内耍滑梯，雀跃开心闹。

一朵百合香，斜倚花墙笑。

2017-12-14

生查子（单片）·登顶远眺

晨起过三峰，登顶生极目。

俯瞰莽苍林，远眺黄河渡。

2017-12-15

生查子（单片）·练力气

昔看鲁提辖，拔倒垂杨柳。
今我俏娇娃，能把钢栏扭。

2017-12-16

生查子（单片）·云雾登梯

上下几多重，栈道深云雾。
未踏最高峰，身此难知处。

2017-12-17

生查子（单片）·泰迪熊是新朋友

偶遇泰迪熊，又是新朋友。
同上幼儿园，成长相牵手。

2017-12-18

生查子·相约斗琴

两娃约斗琴，比赛分先后。
雨落柳梢垂，风起平波皱。
深林云雀啼，铁马冰河透。
明晚再逢时，月与人依旧。

2017-12-19

生查子·铃声脆脆

低眉素婉然，顺发常恬静。
玉体罩霜裙，云面垂香颈。
蕙兰幽谷芳，月季晴窗盛。
纤手抚银铃，心寂仙音庆。

2017-12-20

生查子 · 熊仔别来添乱

熊仔莫调皮，喂你熟鸡蛋。
乖巧坐床头，摄影别添乱。
今着公主裙，恰好托香腕。
照罢转回身，我俩来相伴。

2017-12-21

采桑子（单片）·妈妈回来了吗

醒来寻母无人应，小鹿扑腾。
秋水迷蒙，似有门前脚步声。

2017-12-22

采桑子（单片）·秀钢琴

餐前秀艺黑白键，雾隐青松。
万马奔腾，一片冰轮海上升。

2017-12-23

采桑子（单片）·平安之夜展才情

风柔月皎平安夜，笑意盈盈。

尽展才情，绝代娇娃成巨星。

2017-12-24

采桑子（单片）·要学小蜜蜂

晨寒未散奔波苦，起舞花丛。
流影香浓，不恋芳华来去匆。

2017-12-25

采桑子·游子归来

少年常做天涯梦，背起行囊。
奔赴他乡，有志青春踏四方。
漂泊万里终思返，放下行囊。
回到家乡，一朵浮云恋旧窗。

2017-12-26

采桑子（单片）·绕场飞奔

乘车闲逛成衣店，雀跃游巡。

绕场飞奔，扑向妈妈满口亲。

2017-12-27

采桑子（单片）·小街圆椅享朝阳

秋风淡扫天街静，最喜朝阳。
乐享时光，鸣鸟声中茉莉香。

2017-12-28

采桑子（单片）·花开似火

郊游绿水青山外，风暖晨光。
倦懒驰翔，横倚春台醉海棠。

2017-12-29

采桑子（单片）·飞雪圣诞

缤纷圣诞迎飞雪，古堡风情。
枞树银铃，守护平安系彩灯。

2017-12-30

采桑子（单片）·玩夹娃娃机

无聊初试夹公仔，巧手如风。
斗志方浓，捡落娃娃笑意融。

2017-12-31

采桑子（单片）·小跑堂

村头小店茅檐矮，桌椅生光。
满室芬芳，勤快机灵小跑堂。

2018-1-1

西江月（单片）·秀钢琴

宽帽细夹白羽，峨眉笑靥蓝裙。
纤柔玉指秀琴音，秋日松窗雨润。

2018-1-2

西江月·闲听脚步从容

喜看斜阳烂漫，闲听脚步从容。
庭前落叶爱清风，戏耍阶前矮凳。
清意飘飞思绪，澄心仰望星空。
时光本已太匆匆，莫让生活沉重。

2018–1–3

西江月（单片）·逛公园

两岸繁花似锦，满园香气袭人。
赤霞白雪径千寻，隐有箫声琴韵。

2018-1-4

西江月（单片）·雨打芭蕉思午觉

春后淅淅宿雨，亭前郁郁芭蕉。
一时思绪涌如潮，欲向长台午觉。

2018-1-5

西江月（单片）·吃云耳羹

红枣羹汤味厚，青莲云耳香浓。
银勺玉盏衬娇容，养就才华出众。

2018-1-6

西江月（单片）·开张大吉

喜遇春阳朗照，巧逢新店开张。
花墙两壁秀芬芳，一众嘉宾捧场。

2018-1-7

西江月（单片）·凯旋

昨夜人传捷报，今朝手捧金杯。
行人高叹咏芳菲，初绽祖国花蕾。

2018-1-8

西江月（单片）·爱戴帽子

凉帽虽然简朴，调皮却是非凡。
戏说无发也无天，胜抱琵琶遮面。

2018-1-9

西江月（单片）·喜饮椰青

山隐凭窗对弈，侠游仗剑独行。
舟车最喜饮椰青，南海孤鸿飞影。

2018-1-10

西江月（单片）·红马仙子

头戴蝴蝶暖玉，身着烈鸟霞衣。

烟云万里火龙驹，慈受八方辅弼。

2018-1-11